Colecção Literatura de Macau

澳門基金會
FUNDAÇÃO MACAU

中华文学基金会

·诗　歌·

微风私语

石磊 / 著

作家出版社

澳门文学丛书

总 序

值此“澳门文学丛书”出版之际，我不由想起1997年3月至2013年4月之间，对澳门的几次造访。在这几次访问中，从街边散步到社团座谈，从文化广场到大学讲堂，我遇见的文学创作者和爱好者越来越多，我置身于其中的文学气氛越来越浓，我被问及的各种各样的问题，也越来越集中于澳门文学的建设上来。这让我强烈地感觉到：澳门文学正在走向自觉，一个澳门人自己的文学时代即将到来。

事实确乎如此。包括诗歌、小说、散文、评论在内的“澳门文学丛书”，经过广泛征集、精心筛选，已颇具规模。这一批数量可观的文本，是文学对当代澳门的真情观照，是老中青三代写作人奋力开拓并自我证明的丰硕成果。由此，我们欣喜地发现，一块与澳门人语言、生命和精神紧密结合的文学高地，正一步一步地隆起。

在澳门，有一群为数不少的写作人，他们不慕荣利，不怕寂寞，在沉重的工作和生活的双重压力下，心甘情愿地挤出时间来，从事文学书写。这种纯业余的写作方式，完全是出于一种兴趣，一种热爱，一种诗意追求的精神需要。惟其如此，他们的笔触是自由的，体现着一种充分的主体性；他们的喜怒哀乐，他们对于社会人生和自身命运的思考，也是恳切的，流淌着一种发自肺腑的真诚。澳门众多的写作人，就这样从语言与生活的密切关联里，坚守着文学，坚持文学书写，使文学的重要性在心灵深处保持不变，使澳门文学的亮丽风景得以形成，从而表现了澳门人的自尊和自爱，真是弥足珍贵。这情形呼应着一个令人振奋的现实：在物欲喧嚣、拜金主义盛行的当下，在视听信息量极大的网络、多媒体面前，学问、智慧、理念、心胸、情操与文学的全部内涵，并没有被取代，即便是在博彩业特别兴旺发达的澳门小城。

文学是一个民族的精神花朵，一个民族的精神史；文学是一个民族的品位和素质，一个民族的乃至影响世界的智慧和胸襟。我们写作人要敢于看不起那些空心化、浅薄化、碎片化、一味搞笑、肆意恶搞、咋咋呼呼迎合起哄的所谓“作品”。在我们的心目中，应该有屈原、司马迁、陶渊明、李白、杜甫、王维、苏轼、辛弃疾、陆游、关汉卿、王实甫、汤显祖、曹雪芹、蒲松龄；应该有莎士比亚、歌德、雨果、巴尔扎克、普希金、托尔斯泰、陀思妥耶夫斯基、罗曼·罗兰、马尔克斯、艾略特、卡夫卡、乔伊斯、福克纳……他们才是我们写作人努力学习，并奋力追赶和超越的标杆。澳门文学成长的过程中，正不断地透露出这种勇气和追求，这让我对她的健康发展，充满了美好的期待。

毋庸讳言，澳门文学或许还存在着这样那样的不足，甚至或许还显得有些稚嫩，但正如鲁迅所说，幼稚并不可怕，不腐败就好。澳门的朋友——尤其年轻的朋友要沉得住气，静下心来，默默耕耘，日将月就，在持续的辛劳付出中，去实现走向世界的过程。从“澳门文学丛书”看，澳门文学生态状况优良，写作群体年龄层次均衡，各种文学样式齐头并进，各种风格流派不囿于一，传统性、开放性、本土性、杂糅性，将古今、中西、雅俗兼容并蓄，呈现出一种丰富多彩而又色彩各异的“鸡尾酒”式的文学景象，这在中华民族文学画卷中颇具代表性，是有特色、有生命力、可持续发展的文学。

这套作家出版社版的文学丛书，体现着一种对澳门文学的尊重、珍视和爱护，必将极大地鼓舞和推动澳门文学的发展。就小城而言，这是她回归祖国之后，文学收获的第一次较全面的总结和较集中的展示；从全国来看，这又是一个观赏的橱窗，内地写作人和读者可由此了解、认识澳门文学，澳门写作人也可以在更广远的时空里，听取物议，汲取营养，提高自信力和创造力。真应该感谢“澳门文学丛书”的策划者、编辑者和出版者，他们为澳门文学乃至中国文学建设，做了一件十分有意义的事。

是为序。

2014.6.6

目　录

CONTENTS

第一辑　酒与秋月

酒的诱惑・003

淡淡的月香・005

水岸，那片刻的月光・007

致胡杨・009

茶的乐章・011

茶的乐章（外一首）・013

心灵的甘露・014

戈壁玫瑰・015

仲夏秋云・017

时光的色调・019

夜读・020

音乐的禅意・021

痛的夜・023

龙井・025

送行・026
梦境・028
笛箫仙子・029
黄河渡口之夜・031
致弘文阁主・033
老烟民之悟・034
老烟民之悟（外一首）・036
云水谣・037
花溪的月光・038
云上阡陌・040
电・042
二泉映月・044
梅花三弄・046
诗人的命运・048
星・050
洋葱・051

第二辑　风的季节

船对海的思念・055
武大樱雪・057
四月的风・059
小龙女・061
你的季节，我的歌
——听友人弹古筝・063

怀念姚贝娜 · 065
动容 · 067
守望着苏轼的女孩 · 069
新派诗 · 071
信仰 · 073
易经 · 075
一米阳光 · 077
三世情 · 079
发酵的思念 · 081
风信花 · 083
时光印痕 · 084
书签 · 085
笔 · 086
纸鸢 · 087
荒凉的碎石 · 089
莲洲记事 · 090
一路有你真好 · 092
一路有你真好（外一首）· 094
旗袍风韵 · 095
读李教授的图片 · 097
戈壁偶遇 · 098
风中蜂 · 100
天门的落日 · 102
无韵的音符 · 104
重温你的微笑 · 106

唯一 · 107
暮色风景 · 109
深冬的梦 · 110
笔山砚海 · 111
乡愁 · 113
绿野仙踪 · 114
花田小狐 · 116
读诗 · 117
读李清照 · 118
你与春天 · 119
三十一梦 · 121
寂寞的季节 · 122
电梯 · 124
雨 · 125
雨和风 · 126
美丽与骄傲 · 127
冰瀑布 · 128
学琴 · 129

第三辑　友情篇

陪伴你一段路 · 133
陪伴你一段路（外一首）· 135
向着北 · 136
前世吻 · 138

生日祝词 · 139
桂园五舍的窗 · 140
冰糖鳕鱼 · 142
江南的燕子 · 144
老照片 · 146
自画像 · 148
住院有感 · 150
牵手 · 151
美容 · 152
青春的记忆 · 153
珞珈故土 · 155
神与人 · 156
送别 · 158
给冯同学 · 160
珞珈记忆 · 161
致水晶 · 163
为慈善群而作 · 164
告别诗词群 · 165
后会无期 · 167
路上的青春 · 168
蜜糖 · 169
错过的等候 · 171
学会悲伤 · 172
脸上的刀壑 · 174
雪山嘎玛 · 175

给群主晓风・176
沉默的野孩子・178
爱得心痛・179
仲夏秋云・181
悼念彭师兄・183
唯一的理解・185
陪伴・187
无为之光・188
股市血战・190
股市故事・192
割肉的魔咒・194
叠加的伤口・195
抉择・196
无家可归・197
女生的悲哀・198
以菊送别・200

第四辑　节日贺词

新年的祝福・203
祝福的奥义・205
鸡年的愿望・207
猪的梦想・209
元宵节的祝福・211
给你的礼物・212

节日的拥抱·213
新年如书·214
牛年的愿望·215
新年童谣·216
兔年贺岁·217

第五辑　异域风情

死海遐思·221
西班牙之夜·223
大峡谷偶遇·224
穿越中世纪·226
致蒙娜丽莎·228
古城·230
大三巴·232
澳门之歌·233
澳门桥·235
嘉峪关前·238
西部风·239
见证·240
火焰山·241
喀纳斯栈道·243
草原之夜·245
西北的鱼缸·246
九寨沟·247

洞穴中的火把
——读柏拉图《理想国》的洞喻有感 · 248
黑洞 · 250
量子纠缠 · 251
三体之战 · 253
心经 · 255

后记 · 257

第一辑　酒与秋月

秋夜之下的月光曲
随风流淌
仿佛珍藏多年的老酒
自有微醺的月香

酒的诱惑

中秋临月把酒，吟小诗一首以贺。

酒的诱惑
是因为风里有
浓郁的醇香
可是风却翻开了
往日的旧伤

把明月泡成老酒
把时光酿回宋唐
那是怎样绝美的诱惑啊
每一滴都有你
醉人的眸光

小酌半杯
痛如情花般断肠
酒里梦里
全都是你的模样
就算醉后有千般痛楚
只要酒中有你

我便决不抵抗

让我沉醉地睡去，就像
婴儿熟睡在
母亲的梦乡

淡淡的月香

今夜，我攒够了冰凉的月光
今夜，我请你
细细地品尝
千年的味道
嫦娥的珍藏
有点苦
有点痛
有些疯狂

今夜，我攒够了透明的忧伤
今夜，我要一个人独享
你的故事
他的吴刚
我的大唐
没有什么能阻挡
我们隔夜相望
无论是霄汉岁月
还是孤独的远方

今夜，我请你细细地品尝
浅蓝诗句里
淡淡的月香

水岸，那片刻的月光

细雨落潇湘
满河都是细细的伤
雨后淡月笼罩的水岸
夜风轻轻地一碰
便揉碎了一河的星光

爱了千年
却不敌秋雨一场
永恒的月
却不敌晚风冰凉

绝代有佳人兮
幽居在北方
日暮倚修竹兮
水岸听月光

只要你片刻的回眸
便点燃了所有的热血

让冰凉的月光
在远去的河中
澎湃激扬

致胡杨

深秋时节，辗转几千里去内蒙古额济纳看胡杨，树叶大多凋谢了，只赶上了一个尾巴。有感，作小诗一首，以志。

启明星高挂在戈壁的原野
东方露出了暗红的鱼白
在达来呼布清冷的风中
我们与深秋的胡杨告别

穿越三千年的等待
竟不敌一夜秋风肆虐
穿越三千里的期盼
只为了你飘零的黄叶

即使只剩下最后一片
你也展现出醉美的颜色
在金色的阳光下
在生命最后一刻
留下你温暖的笑靥

怀揣着这份最后的温暖
与你悄悄地相约
当来年的春风
吹开你身上的冰雪
你又重生为嫩绿的新芽
我还会再看你
为你风华正茂的季节

2017 年 10 月 28 日

茶的乐章

把那漫山的阳光
紧紧地收藏
把那段青葱的岁月
深深地遗忘
曾绰约的风姿
早已沉淀为一片黑色
青春
已渐渐萎缩成枯黄
而今
再也找不到当初的模样

你所有的信仰
只是为了守护那缕
刻骨铭心的清香
当那一刻来临
你颤抖着
踮起细细的双脚
跳入那片沸腾的海洋

激烈地奏响生命中
最后的
最嘹亮的乐章
尽情释放一切梦想

当一切归于平静
你会悄悄地重回大地
化作泥土
重回你生命的故乡

2019 年 4 月 8 日

茶的乐章（外一首）

有一种美
是午后的夕阳西下
有一种美
是你的纤纤玉手
轻轻捧起一杯红茶

茶香氤氲
缭绕在你浅笑的眉弯
时光宁静如画
此时此刻
你水晶般的心田
盛开了山野间的茶花

2019 年 4 月 8 日

心灵的甘露

在我最枯萎的时候
你给了我一滴甘露
把我的心灵
彻底润透

我在最黑暗中
彷徨无助
你为我点燃了一支蜡烛
刹那间
照亮了我的整个宇宙

你只能送我到这里
到那个开满野花的渡口
然后
微笑着握别
挥手
再独自去找寻生命的绿洲

戈壁玫瑰

满布粗石砾的西凉边陲
沙漠中有朵盛开的玫瑰

黄河从她脚下穿流而去
苍鹰在疾风中上下翻飞

他策马而来
鞭子把白云片片击碎
狂野地向石滩吼了一声
久旱的旷野响起一道惊雷
他扬鞭打了打马背
又扬了扬剑眉

玫瑰在风中轻舞着
在干烈的风中
散发带刺的香味
马没有丝毫停留
像沙尘一般嘶鸣而去

激尘遮住了落日的余晖

颤抖着花瓣的玫瑰
颤抖着花蕊
他消失在戈壁远处
头也没回

仲夏秋云

在这个美丽的黄昏
我们等待着仲夏的夜星
风穿过你金色的发际
你轻轻地紧了紧衣裙
秋云荡漾出
丝丝羞赧的红晕

午后的阳光
融化了你浅浅的心
我温暖的镜头
把你浅蓝的梦
定格成永恒

当你醒来
你一定不会相信
有一只蝴蝶
曾飞入你的梦

你也不必知道
我曾守护着你
直到黎明

时光的色调

拂晓的竹林里
弥漫着氤氲的水汽
时间泛出灰白
安详又静谧

你握着一段翠绿
痴痴地凝视
是在聆听他
青青的往事
还是在轻轻地诉说
你浅浅的心思？

脚下横着那段老木
是你准备跨越的高坎
还是记录了你
往日阳光灿烂的故事？

2018年6月30日

夜读

在冰凉的夜里
翻开一本洁白的书
读别人的故事
有谁在黑暗中暗哭

你不懂的
你以为墙院中的花
开得很幸福

星星懂了
他的微光照亮了
那几行古老的诗句
他的温暖
渐行渐远
请留步
请你留步

音乐的禅意

我喜欢生命不息
奋斗不止
所以工作之余
学会了几样乐器
在夕阳西下之时
拨弄吹弹一番
感悟神的秘密

佛祖看破红尘
但求来世
那是万念俱灰之后的
心如死寂
所谓与世无争
不过是逃避现实的托词

生命的精彩在于
每天总有各种转变的契机
正如乐调变幻莫测中

圆润如水流淌的禅意
如果可以
我愿去点化释迦牟尼
让他重新出世
做天下的煌煌太子

2015 年 8 月 26 日

痛的夜

夜黑

你总在夜黑前离别

夜痛

心总在夜深时泣血

风轻

吹不散那朦胧的残月

酒浓

忘不了你誓言如铁

你是我前世的苦恋

今世的情劫

想起你的甜蜜

便忘了长夜的苦涩

有你如黎明般温柔的笑靥
我不怕这
痛的夜

龙井

一杯绿茶
品尽了春的味道
几丝热气
便是江南的春早

你在龙井山上采摘的
是温暖的阳光
抑或是谁的微笑

温润地品尝
那翠嫩的春风绿芽
翠裙里细细的弯腰

2016 年 11 月 4 日

送行

为你送行的
除了我
还有燃烧的夕阳
孤独的行李箱
敲打着古老的石头
海浪没有说话
风在疲惫地浅唱

为你送行的
还有一只洁白的海燕
优雅地掠过你身旁
再低飞过海浪
然后在暗灰的云中
不舍地转了向
如果空气可以拧出酒来
我宁愿这样
在离别之前小醉一场

还有两条铁轨
也为你送行
永远不再交叉
但坚定地陪伴你去远方

梦境

大水漫过头顶时
我无法呼吸
昨夜的那一刻
梦见你

思念如夜风般冰凉
紧紧地缠绕着手指

你沿黄河大堤策马而来
一身唐时的飒爽英姿
是这条路吗？你笑着问
我在南海之滨
点点头说，正是
你高高挥舞一下鞭子
阳光照亮你闪耀的贝齿
我无法直视

夜色浓浓无法化开
有一星指引着晨曦

笛箫仙子

今日一睹笛箫名家陈悦老师的风采，作小诗一首以志。

我不敢相信
那人间天籁
竟然来自
这纤纤女孩
唯有谦雅到极致
才能演绎出
这幽微百转的柔怀

生命的力量
不在于澎湃
而在于你倾尽了真心
悠悠的表白
每一个音符
跳跃着你火热的血脉

我坚定地相信
严冬之后春暖花开

那星辰之间的弯月
将再次踏风而来
南海之滨
我在长久地等待

2018 年 1 月 9 日

黄河渡口之夜

夜已深
黄河仍在嘶鸣
我沿河彳 亍独行
思索生命

两岸悬崖壁立
秋夜缀满寒星
我仔细聆听
我的心声

在生命的渡口
你可以选择
去，或者暂停
在黄河的渡口
你只能选择
一起飞奔

夜，很安静

每一个伟大的开始

都始于一颗

平凡的微尘

2019 年 9 月 24 日

致弘文阁主

曾经的青春少艾
骄傲的绝代芳华
转眼间已是
迷离的双眼
一头白发
激情已经沉淀
清亮的歌喉已经喑哑

但我们有酒
有箫声中的梅花
还有你的右军兰亭技法
手指轻快地飞舞
如流淌的清泉
时光如酒
浑然分不清
是夕阳西下
还是黎明的朝霞

2019 年 7 月 15 日

老烟民之悟

吸进去的是巫山云雾
吐出来的是寂寞孤独
那一刻
所有的烦恼都烟消云散
留下的唯有通体舒泰
和仙人般的感悟

多少次揪心的咳嗽
痛定思痛之后
决心戒除
可是凡人之躯
怎能抵挡魔鬼诱惑的妖术
只好一次又一次背叛誓言
一次又一次沉沦
直至万劫不复

燃烧生命的一小节
换来一生与妖共舞

烟圈中的美丽与激情
如彩虹之前的春雨

让一切精彩都来吧
任由它伴随着痛苦
然后向宇宙大声表白
你不在乎

2020 年 7 月 1 日

老烟民之悟（外一首）

献给你
镶嵌钻石的荷花
一颗感恩之心
如同这火热的盛夏

也许不太健康
但为了那缭绕的睿智
涌泉般的哲思火花
值得偶尔品尝一下

当烟丝化作灰烬
灵魂与上帝对话
请轻轻地弹一弹
你手指间金色的晚霞

2020 年 7 月 2 日

云水谣

浅云如溪流挂在天空
任由晨光照得通透绯红

鱼儿定在清澈的水底
如同飘浮在空气中

我在你深白浅白的透明里
做着深蓝浅蓝的鱼梦

2014 年 3 月 5 日于丽江云水谣客栈

花溪的月光

哦，贵阳
想起了花溪
那一河的月光
在群山怀抱中
叮当鸣响
那是怎样的绝美之夜啊
贵阳的月光

今夜如此静谧
我在大漠深处
守着孤独的胡杨
月光笼罩着旷野
满天星星
都凝望着你的方向
噢，花溪的月光

我苦涩干涸的心
想起了花溪春水的甘凉

我仿佛捉住了你
飞扬的白裙
噢，是月光
那是花溪的月光

云上阡陌

彩云之上
阡陌如火纵横
云霞之间
你年轻的心
早已看破了红尘

春风里
我在痴痴地久等
我相信
你的手上仍然戴着
我亲手编织的红绳

你如火的红唇
烙下了深深的印
风里梦里，满是你
如诉的琴

云上阡陌

如虹纵横

风每天从彩虹上走过

只为了追寻你的倩影

2013 年 7 月 4 日

电

长江三峡的一湾水
烧开了我的一壶茶
内蒙古草原的几缕风
照亮了我黑夜的前方
柴达木沙漠的太阳
化我的炎夏为冰凉

你是岩层煤炭的精灵
等待着燃烧
你是地底涌动的黑金
翻滚的原浆
你还可以是高大的橡树
或秋后的桔梗
坚硬的矿石
甚至原子的碰撞

你是冰与火的呐喊
你是澎湃的原始力量

你在狂风暴雨的乌云中
闪耀照彻天地的光芒
你是惊雷滚滚之上
振聋发聩的巨响
脚深深地扎根在大地
双手挥舞滔天巨浪

风停了
静水流淌
你是她青春的笑靥
和她温婉眉弯之间
最清澈的眸光

二泉映月

两根细细的琴弦
一泓冰凉的清泉
雨雪之中
瞎子的泪水已干
寒风里时断时续地传来
阿炳沉重的呼唤

除了一把二胡
身无别的长物
除了残月相伴
长街中形影孤单

十指把月光点燃
将所有的辛酸
糅入两根细丝之间
婉转哀怨的表白
反复低沉的哀叹
最终汇成如春潮汹涌

雷鸣般的呐喊

几十年过去
二泉余音依然
每当那熟悉的音符
颤抖着流过指尖
都如同那最初凛冽的寒风
刺痛我温柔的双眼

梅花三弄

一朵寒梅
盛开在东晋帝都青溪
让它舞动的
是传承自蔡文姬的名笛
笛孔间凝聚着
大司马悠长的气息
一弄它是欢快的叶子
在两岸之间时而悠扬
时而叹息
二弄它是高洁的雪花
傲视天下名士
三弄它是天籁之音
是桓伊与王徽之
隔水的惊艳相视

两人没有任何言语
甚至没有惊动船帆上
陶醉的燕子

就这么转身离去
梅花绕梁千年
三弄余音依依

诗人的命运

自古诗人多磨难
或怀才不遇，岁月蹉跎
或跌宕起伏，冬夜漂泊
李白诗可通仙
梦想凭一身本领
文可经世武可卫国
现实却只要他几句诗
几首华美的赞歌
杜甫因诗致圣
只得到茅屋为秋风所破
易安居士居无所安
唯余几卷收藏辗转南北
一帘西风中黄花飘落
大宋第一才子苏轼
豪放豁达
但半生都在贬谪路上奔波

才华从来是一把双刃剑

最容易毁灭在利益的旋涡
命运之神给了你才华
就决不肯给你更多
他们都惊才绝艳
曾照亮了一个时代
他们都曾郁郁不得志
他们都走遍了名山大河
传奇的人生
苦难的经历
用精血的感悟
方能写出
流传千古的不朽伟作

星

萤火虫挤满了夜空
渐渐地风干
渐渐地消瘦
直到瘦成一颗闪烁的星
再也无力飞走
风把它们编织成了一条
亘古的河流
河中点点滴滴的泪水
日复一日地
融入黎明前的晨曦
退入无穷的宇宙

洋葱

那一层又一层的外衣
是一片片粉红的爱恋
你把最爱的一颗心
紧紧藏在心间
我每次不经意地剥开
都不禁泪流满面

第二辑　风的季节

风

或翱翔于九天

奔放自由

或潜入心底

化作指间的温柔

船对海的思念

我的心底有一只小船
一直渴望着大海的深蓝
当季风长久地吹过
山野间开满了火红的杜鹃
我就会迎风扬帆
驶离这狭长的港湾

从春季到夏天
无数的风吹过海滩
甚至台风
甚至龙卷
却一直没有我等待的
细细的和风
稳定且充满温暖

于是我等着等着
等到秋叶已残
我也如水岸沧桑的礁石

外表写满了

岁月的艰难

心中凝固了

船对海浅蓝的思念

武大樱雪

为武大樱花遇雪，写了几句。

那一片雪花
披着月光
刚好飘落到我手心
这绝不是偶然的
我相信
它一定带着某种使命

这满天樱雨
刚好有一片
吹进了我的衣领
这也绝非巧合
而是用它最后的力气
传递了一个口信

可是粗心的我
却没有听到你
最后的颤抖的声音
随手挥走了花瓣

一切都那么漫不经心
花瓣上也有一片雪
早已融化成冰冷的晶

2016 年 3 月 3 日

四月的风

仲春四月，约三五好友追风踏青，探幽摄影留住春光。整理相片时作小诗一首，以为记。

四月的暖风
携着阳光穿过你的发端
芬芳的花蕾
浅浅地绽放于你的笑脸
我们去踏青吧，你轻快地说
蝴蝶飞舞在风的指尖

相机追寻焦内的你，焦外嫩绿
你桃红满面
淘气地撑着花纸伞
光影交舞着四月的风
你说，春天就是心底的甜

几间老屋，三两条小巷
软风追逐小狗的悠闲
四月的风，你是
春的羽翼，云的霓裳

杨柳任你化作晨烟
醉梦入暖怀，忘了时间
我说，手指找不到快门的键

是你，四月的风
是花的妹妹，是月儿弯弯
送来屋檐间呢喃的雏燕
四月的风
扬起你的发丝
吹乱我的琴弦

小龙女

清丽冷傲的小龙女
深居在黑暗无边的古墓
素洁如雪
胜却凡间仙子无数
在蜂与蝶之间
浑然不知尘世间的痴苦

身负隔世诺言
在深山的百花中独舞
为了《玉女心经》
早已清心寡欲
哪怕是轻轻地浅笑
也绝不容许
没有人读懂
你内心深处的孤独

那一阵山风吹过
吹来了过儿

他是你寂寞生命中
最嘹亮最激烈的音符
哪怕只剩下一只残臂
你们仍然火一般地
紧紧握住

不管她是师父
还是姑姑
只要坚定地相爱
所有的痴怨和猜忌
都必将随风而去
情花断肠之痛
留给了烈火中的绝情谷

经历了当初
刻骨铭心的痛楚
才有艳羡天下的
神仙眷侣
终南山的千里明月
只为了照亮一对璧人
双剑合舞

你的季节，我的歌

——听友人弹古筝

你的手在风中翻飞
流淌着明亮的季节
昆山玉碎
香莲凝露
点燃了盛夏的火热
百转千回的哀怨
诉说着大漠千年的秋月
铁马奔腾金戈耀寒
手上还残留下
冰凉的冬雪

春花恬静的羞涩
不在你指尖绽放
而是静开在你绯红的双颊
荡漾温柔的笑靥

我静静地聆听着

你指尖的季节

我心中的歌

2016 年 10 月 31 日

怀念姚贝娜

在你最美丽的时刻
上苍让你突然离去
留给全世界
无限的唏嘘
和我的满心酸楚
在这个寒冷的深冬
北方的山上飘着白雪
南方的海中扬着细雨

你的绝世容颜
冰清如玉
你的动人歌声
温暖了寰宇
可是有谁知道
你坚强的外表下面
有着怎样的凄苦

在你去到天堂之前

你安慰我们
不要哭
你留下了
曾经在舞台上
闪耀的眼睛
去照亮别人的幸福

动容

曾经可以
为了凄婉的爱
一首悲伤的曲
或温柔的夜风
甚至花开的样子
而不经意地动容

经过岁月的磨难
早已心如梵钟
无视人间枯荣
甚至海啸
甚至山崩
仍无法令我心动

可是就在这一刻
飘过那消逝的味道
依稀的面容
仿佛扎心的一痛

一道裂口之后
是无法抑制的大潮
像洪水般澎湃汹涌
我不禁再次动容

2018 年 8 月 31 日

守望着苏轼的女孩

我是东坡墓前的一株斑竹
千年前我就在此为你守候
无论风雨
无论春秋

根　深深地扎进你的泥土
叶　温柔地守护你的坟头

你是西子湖畔
英姿勃发的太守
我是苏堤上
你亲手种下的春柳
我为你流淌了一湖的泪水
只为偶尔能够
望见你在湖上泛舟

你是夜空中的皓然明月
千里婵娟洒满九洲

我是你背后坚定的北斗
永恒地守望着你
任地老天荒
时光倒流
我淡然笑对
无惧　亦无忧

新派诗

读某新派诗集有感，并以其文风试作一首。

几条乌黑的蚯蚓
吐出了几段烂泥
歪歪斜斜
长短不一
有人把他弄到一张白纸上
摆放整齐
哈哈，他摇头晃脑地笑了：
真是一首好诗
还带着大地的气息

我强忍着胃中
翻涌的隔夜酒渣
想弄明白
这到底是什么臭东西？
无论我怎么努力
还是乱七八糟
诗在哪里？
明明是一团泥

污染了一张白纸

我懊恼地一把抓起
捏成一团
扔进了垃圾桶
一只蜘蛛欢快地爬了上去
屁股上还牵着一条
黏稠的细丝

信仰

信仰是佛前那一炷
燃点着的清香
纤细的香腰
蕴藏着无穷的力量
身　在香雾中祈祷
心　在虔敬地梵唱

信仰是泛黄的经书中
短短的几句话
只要用心坚守着它
即使面对魔鬼
也绝不惧怕

纵然佛香和经书已经
燃成了灰烬
可是我的内心
依然无比地坚定

自此

信仰便流淌在我的血脉

血液中鲜红地传载

人间的真爱

易经

自伏羲太初
西伯侯在囚
至周公推演
圣人定于春秋
千古的不易与变易
以简易的阴阳
勾勒宏大的宇宙

只用了六和九
就形成了六十四个图
仰观无穷天文
俯察四海九州
中通万物之幽
千年的帝王变幻
百年的人生起伏
尽藏于简单的结构

一爻一卦之间

决定于阳刚或阴柔
乾坤震巽坎离艮兑
代表了天地之间的
风火雷电，山川河流
卦辞在前，爻辞在后
彖传象曰，系辞十翼
所有疑惑
都可以在这里探究

自鸿蒙太初
我们就在黑暗中行走
寻找宇宙的秘密
人生的奥义
永远没有尽头
易经的火炬
如同黑暗中的闪电
照耀你的心灵
智慧的光辉照彻宇宙

一米阳光

碾子河深冬的河面
结着一层厚厚的霜
今夜的勃利山城
只有北极星微笑的白牙
在寒风中闪亮

心系着远方
眼中噙着泪
但你依然微笑着
灿烂如夏日的阳光
穿过陌生的云雾
直射在温暖的南疆

把你的阳光剪下一米
在心底的某个角落
细细地收藏
当哪天想起的时候

请握住这一米阳光

驱散你的雾霾

点燃冬的希望

三世情

茫茫人海　为什么
我们情遇今生
冥冥之中　只因为
一切　都早已命中注定：
前世，你是我的女儿
今生，我是你的情人

轮回抹平了所有的记忆
却磨不去爱　深深的烙痕
追寻前世的足印
千百年无数次错过之后
才再次听见你花开的声音

前世对你怎样的呵护
换来你今生如许的深情
错过了人生交集的时空
我鬓已微霜你还满头青丝

如果
真有来世
请让我们记住约定
我会有一双温柔的眼睛
我会常常在开满水仙花的溪边
弹着吉他行吟

如果
如果还有来生
请不要让我痴痴地久等
我会戴一朵向日葵花饰
从清晨到黄昏

发酵的思念

把对你的所有思念
深埋在秋山的荒郊
冬雪层层盖过
再也无人知晓
发芽的根须早已被剪下
它无法冲破这厚重的距离
自以为十分高妙

三月来时残雪渐消
浸透春泪，它便悄悄发了酵
那淡淡的思念
醇厚如多年的老窖
即使深埋在地底
依然能轻易挣破地壳

这种子埋在寂寥的心底
日复一日酝酿成甘醪
灵魂在醉后嘲笑我：

让你独自承受这地下煎熬

埋得越深发酵得越浓

相信有一天

漫山野火会再次熊熊燃烧

风信花

你明媚的脸庞上
夕阳微微一笑
田野中弥漫着
风信花醉人的味道

风在你耳际
低吟浅唱
有谁在捕捉你
一裙飘飘的月光

穿过心灵旷野的
你清脆的铃声
如同敲打着夜空里
闪闪的星星

你推着单车穿过田野
向我走来
那月色般的银箭
直射入我破碎的胸怀

时光印痕

时光撒落浅浅的浮尘
一层又一层
埋藏我的心
浅浅的伤
浅浅的印痕
温暖的你
被弯弯的溪流带走
带走了落花
和你纤瘦的背影

夜风总想吹开那
黑暗的浮尘
我趁风来之前
悄悄地转过身
不让风沙
吹进我的眼睛

2019 年 7 月 13 日

书签

当年的激情早已沉寂
偶尔一阵风吹过
才会翻开往日的故事
那一地的落花之下
有我们浅浅的足迹

清明的雨后
是一层柔软的新泥
适合轻轻地哭泣
或默默地追忆
那些灿烂的日子
那曾华美的芳姿

而后，我在风里
捡起一片淡淡的花瓣
夹进新买的诗集

2019 年 5 月 3 日

笔

你的笔带着你的余温
插在我胸前的衣袋
紧贴着我滚烫的心

尽管它一直默默无言
我相信
它有难以表达的心声

终会有一天
你将甩开笔套
迸发出无尽的激情

写一首抒情的诗
写一段感人的故事
写一部美好的人生

纸鸢

我把你折叠成
一只彩色的纸鸢
放飞在潍坊的碧天
你的美丽飘逸
你的呼吸脉动
都似乎很遥远
我唯一能握住的
是一条细细的线

你的头顶
有一只黑色的海燕
在高傲地盘旋
你急切地飞向它
趁着一阵风
线就被轻易地挣断

怀着一颗刺痛的心

你在黑暗中走远
我握着秋天的黄叶向你挥手
微笑着给你最美的祝愿

荒凉的碎石

心情奇差，写几句表达一下。

许我一块与世隔绝的绿洲
给我一个漫长的假期
我不想听到人类的声音
除了上帝和你

即使凛冽的风
每日用利刃横扫过戈壁
天空没有一丝云带
我也愿意

手中握满了荒凉的碎石
紧紧地
捏出了血丝
把一切时间还给过去
我只需要留下
一丁点温暖的回忆

2017 年 11 月 3 日

莲洲记事

你是那一株火热的夏莲
青葱岁月肆意地滚动着
银色的诗篇
轻轻的笑意和
浅浅的酒窝
水珠一般浑圆

我是深秋时节
冷风中的残莲
每一颗枯萎的莲子内心
都有一粒苦涩的爱恋
我用心守护这段秘密
等待来年夏天

当你再一次看见
那莲蓬上的蜻蜓
温柔地抚摸你的香肩
那是我用唯有你才懂的

莲洲魔法语言

在风中告诉你

那曾微苦而蜷缩的心

已盛开成一片

清润沁香荷田

2018 年 11 月 2 日

一路有你真好

我不敢直视你
惊艳的明耀
只好偷偷地珍藏起
你每一个动人的微笑
以便将来在多雨的夜
慢慢回想
那纯真的味道

脸上泻满了关外的阳光
长发随西风飘摇
你的每一次微笑
都能结出一朵格桑花
盛开在丝绸古道

我苦思之后也找不到
可以表达谢意的诗句
任何文字都略嫌单薄

只能说

一路有你真好

2017 年 10 月 29 日

一路有你真好（外一首）

我多么希望这次旅程
永远没有尽头
我可闭上眼睛
无忧无虑地跟着你走

我多么希望
永远没有分别的时候

当你转过身去
禁不住轻轻地泪流
我满是伤痕的心
也在轻轻地颤抖
谢谢你
送我一片戈壁秋色
我想还给你
一片丰饶的绿洲

2017 年 10 月 29 日

旗袍风韵

如果说
西装是男人的马甲
那么
旗袍就是女人的水彩画
你轻轻地一摇
便是风情万种
你婷婷地俏立
胜过含苞待放的荷花

从你眼角的余光
可捕获无数的回眸和惊讶
风从民国吹来
却那么和谐
浑然无瑕

当你走过春天
走进珞珈

请你挥一挥唐时的玉手

山野间就会绽放

我心中的花

读李教授的图片

是起伏的沙漠
还是风中的海洋？
是银装素裹的山峦
还是波涛汹涌的白浪？
是高悬的明月
还是云中的太阳？
是你目光所至
还是你依恋的远方？
……

我困惑了片刻
甚至有点彷徨
突然明白
这一切都不重要
重要的是那一片光
在这个严冬
把我柔软的心底
照得温暖且通亮

2020 年 2 月 10 日

戈壁偶遇

无法忘记
曾如此美丽
今夜的风
来自戈壁
也许有点害怕
有些抗拒
那灼热的风
不曾停歇
如同心底的
声声叹息

回眸一笑
胜过五千年文明史
擦肩而过
定格成零距离
为了这一刻
我决不逃避

你浅浅的微笑

我深深的回忆

2019 年 8 月 24 日

风中蜂

我是早春林间的
那一只迷途的蜜蜂
在黎明的晨曦里
追寻着你的芳踪

我是翠绿夏荷间的
那一抹生涩的绯红
每次轻轻的摇曳
心底必有涟漪泛动

我是秋日里金黄的叶子
在漫天的夕阳中
无论飞扬多远
也只是为了向你靠拢

当第一片飞雪
告诉我这个严冬

我会展开温柔的臂弯

托起你温馨的梦

2018 年 12 月 11 日

天门的落日

在这个微寒的冬至
日落前的黄昏
我在天门大桥上往西
瞥见一抹金色的冬云

这熟悉的故土
月岁已经渐渐陌生
河坡上往日的野花
早已不见了踪影

我们挤在的士后排
暗自互享片刻的体温
你阳光的笑靥
清澈的眼睛
温暖了归来的离人

天门的落日
如同粉色的玫瑰

装饰你的盆景

点亮了游子的心

2020 年 12 月 21 日

无韵的音符

你阳光的美
你温婉的微笑
是一首无字的老歌

你无言的痛
你轻蹙的眉弯
深深地打动了我

心底的旧琴
和指间的音符
你可曾听懂了么

你飞扬的长发
随风滑过我眼帘
如同十八岁的心弦
被初次弹拨

留下一路西域的风

一声轻轻的叹息

一串颤抖的心波

2022 年 3 月 6 日

重温你的微笑

细细地翻阅每一张
你微笑的模样
无法抵抗
你美丽的张扬

或嫩绿
或明黄
每一个侧面都饱含阳光
或许前世约定
无法相忘
才有今生的擦肩而过
久留余香

2017 年 11 月 11 日

唯一

为了你的唯一
你错过了十二次月圆
为了我的唯一
我错过了一世的蓝天
唯一正是唯一的痛苦
自古以来
生活与诗便绝不能两全

每个月
只有一夜真正的月圆
每一生
只有一次惊心动魄的
纯真爱恋

你愿意无尽地等待
或者宁愿
为那一刹那的闪电

为了唯一

为了唯一的诗篇

2022 年 1 月 1 日

暮色风景

为惊鸿一瞥写两句。

青春闪耀飞扬
照亮暮色的濠江
不经意地一回眸
左手握着太阳
右手牵着月光

含章可贞
元吉黄裳
追逐你轻盈脚步的是
弯弯海堤外的长浪
晚风的快门
把你定格成诗和远方

2021 年 8 月 26 日

深冬的梦

是你，是花，
还是缱绻的梦？
是我，是梦，
还是痴痴的风？
在这寂寥的夜
在这漫长的冬
深埋在心底的思念
偶尔在梦中萌动

是月，是星，
还是无尽的夜空？
是雨，是泪，
还是梦中的伤痛？
在这开满金菊的后庭院
有一只孤独野虫
唱着无名的春歌
山野早已枯叶重重

笔山砚海

早晨上班开车经过海边，突然想起了海誓山盟一词，觉得这个成语太直太露，无甚趣味，居然用了这么多年。如何代替呢？觉得用笔山砚海更意味深远，于是写了几句。

高山作笔
大海为砚
磨平了山海
也写不完对你的思念

风如长发
云是轻衫
追到天涯海角
你却化作细雨绵绵

你不经意地一回首
我便捕捉到你的双眼
任它天荒地老
永恒地定格了千年

我心底轻轻地呼唤
你有没有听见？
展开所有的大地
给你写一封短笺
只有三个大字
高高地挂在山海之间

乡愁

儿时的小人书中
夹着一支枯黄的柳笛
扁扁的吱吱声
唤醒黑色的牛蹄
在那蜿蜒的乡间小路上
有望不断的春雨
牛背上的我身着蓑衣

怀揣着全世界的梦一般
我怀揣着半截烧红薯
燕子在紫云英中飞舞
最后飞进我家
低矮的小屋

绿野仙踪

中国笛箫美女名家作了一首F调箫曲《绿野仙踪》，演绎得出神入化，哀婉细腻，成了洞箫爱好者的必学之曲。有感音乐之意而填了一首男女声二重唱的小词，自弹自唱一乐也。

踏过绿野来
百花跟随我盛开
魔鬼紧紧追
追入无情海
逃不开

你的仙羽箭
深深射入我心怀
拉着你的手
逃出无情海
分不开

一世不分开
倾尽真心相爱
人生只因为你精彩

就算地老天荒海枯石烂永不改
愿为神仙眷侣一起闯未来

啊——
一世不分开
倾尽真心相爱
人生只因为你精彩
就算地老天荒海枯石烂永不改
愿为神仙眷侣一起闯未来

魔鬼无法追
它却不甘心失败
千方百计去破坏
穿越时空将我前世今生命运改
神仙眷侣形同陌路真无奈

命运重安排
你对我冷漠不再理睬
我含泪珍藏
你的天使爱
地老天荒我也痴痴
在等待

2019 年 5 月 2 日

花田小狐

千年小狐
躺在青葱的春天
白裙随花浪飞舞
你梦见
天上的星星
如紫云英一片

笑在你唇边的梨涡
荡漾着迷人的浑圆
笑在你微扬的眼角
闪耀出油菜花的明艳

风从你耳际掠过
猎人围堵在你眼前
你是花田里的小狐
不惧
亦不怨
天边有一颗七彩的流星
闪亮地划过你的心间

读诗

读诗我看清了哲学和生命
如荷马的诸神
如但丁的天堂之门
我看见了自我的渺小
如同宇宙内的一粒凡尘

读诗我明白了生命和爱情
譬如《离骚》
譬如《诗经》
那些辉煌与伟大
并没随年代久远而褪色
而是永远驿动着激情

读诗让我以为看清了自己
在尘世的混浊之中
还有一颗清澈的童心
其实那是清溪之中
我心灵的倒影

读李清照

那位荡秋千的女孩
倚门弄着青梅
兰舟之上
你浅蹙弯眉
红藕香残漫随流水
一片相思在风里飘散
满地黄叶憔悴

淡酒两盏三杯
却是无味
守着窗儿
弄着消瘦的菊花
独自怎能挨到天黑
西风卷起窗帘
小风疏雨霏霏
雁过后仍无锦书来
长夜冷冷清清
梦里不知与谁归

2014 年 3 月 5 日

你与春天

春天是你的眼睛
你望向哪里
哪里便长出一片繁花
和一片深情

花瓣是你的红唇
你轻轻地叹息一声
就传来一阵温馨的风
驿动无数的心

风是你的飘扬的长发
发丝温柔如古筝的琴弦
风里飘来早春的悠扬
有如天籁之音

你是春天的园丁
在山中默默地耕耘着

当漫山姹紫嫣红时
你是春天的眼睛

2014 年 1 月 17 日

三十一梦

想起多年前
你明耀的鹅黄
我稚嫩的眼
初次被你无情地烫伤
那晚，我上铺的兄弟
（他是你同乡）
告诉我
你的小名叫阿芳

三十年
如秋梦一场
三十年
记得那羽绒的飞扬
如果樱花能穿越时空
如果我仍是青涩的模样
我会无惧你耀眼的光芒
告诉你当初的秘密
今天的珍藏

寂寞的季节

我守着冬天的窗帘
守着寂寞的季节
我色彩斑斓的世界
在飞舞的白雪中
冷峻地失去了
往日的颜色
温暖的记忆
在寒风中片片冰裂

你又来了
为我沏上一壶龙井
热气中飘扬着
我曾钟爱的老乐
没有多少言语
一如许多年前
你离开之前的那一夜

时间如铁

流淌在这寂寞的季节

我有千言万语

但早已忘却

我大山一样沉重的手

只剩下当年

一丝丝余热

2014 年 7 月 29 日

电梯

频频张开麻木的嘴
挤进一个个麻木的表情
盯着空气或后脑
空洞的眼神
电梯没有爱人

到了指定楼层
电梯必须停
匆匆地离去
或急切地走进
交集就是那扇
闪电般的门
电梯没有心

每天清晨
总会有一群小学生
欢快地把电梯吵醒
笑容荡漾在每一张脸上
电梯此时最温馨

雨

每一场雨
都是天与地的对话
时而软雨如丝
泪洒桃花
时而倾盆而下
雷电交加

每一根雨丝
都传递着一个密码
风穿行其中
也无法解答
只有真爱
才能找到破译的方法

今夜天地之间
飞扬着雪花
这是一种独特的表白
寒意在我温暖的手掌
悄然融化

雨和风

雨飘落的姿态
就是风飞扬的姿态
雨永远含着泪
风永远自由自在

雨无边的痛苦
汇成了无边的河流
在大地上汹涌澎湃
冲破万山的阻隔之后
聚成了无边的大海

风轻轻地飞扬着
永远找不到自己的最爱
一颗不安分的心
浅浅地融入傍晚的云彩

你在早春的风中离去
雨水把你的背影
洗成了三月的浅白

美丽与骄傲

因美丽而自信
因智慧而聪敏
因为风起
而扬起一地的落英

因骄傲而自负
因广博而忘情
因为你的出现
而再掀开我早已破碎的心

冰瀑布

凝固了这一刻
就凝固了一个季节
所有的晶莹和绝美
都洁白地定格

连同冬月的微笑
一并刻入了冰雪
冷傲里也有一些
温暖的颜色

把流淌着的还给秋天
把冰洁还给冰洁
就这样凝结着
等待着春风
等待着花开的笑靥

学琴

我盼望着每一次叮咚的琴声
一如盼望着清晨林间
静谧湖面的叮咚雨点
我渴望手指在黑白琴键上灵巧地翻飞
一如在细雨中曼妙翻飞的春燕

我喜欢《送别》的古朴悠远
也喜欢《梁祝》的凄美哀怨

那天，走着走着
我敲开了你的门
那叮咚的琴声
一如久旱之后的清泉
满满地流进我干涸的心田

2022 年 4 月 3 日

第三辑　友情篇

纵使素未谋面

依然能感受到你的注视

现实里

我们生活在不同的土地

网络中

我们拥有同一片梦想空间

陪伴你一段路

朋友
陪你走一段人生
险峻的山路
手牵着手
左手是早春
右手是深秋

朋友
送你一段人生
惊心动魄的温柔
一半是火焰
一半是山丘

然后
我们送别在
夕阳西下的渡口
找来一朵春天的花

别在天边的

晚舟

2019 年 2 月 24 日

陪伴你一段路（外一首）

云，带我飞
带着我高高地飞
飞越那彩虹
你猜猜
我看到了谁

云，带我飞
飞越密密雨幕
闪闪雷电相随
穿越千年
我在长安徘徊

李白安在
来来来
痛饮千杯

向着北

大革命时代
一群军人坚定地向北
只为了那神圣的使命

大发现时代
一群航海家发现新大陆
只因为有北极星指引

神话时代
东西方的传奇中
总有你明耀的倩影

时空渐次远去……
但你的嫣然巧笑
虽远犹近

你是夜空里
最明亮的星星

你出现就意味着黎明

站在南极
你就是全世界
站在北极
你就是世界的中心

二〇二〇
为了先祖的梦想和神话
我们将启动新的征程：
向北，向北
向北前行

2020年2月9日

前世吻

前世的情人
今生却是
金鱼和狗的化身
偶然回首间
看见你水中的倒影
尽管时空变幻
造化弄人
你仍忘不了前世的
刻骨铭心
这一刻恍如隔世
我拚尽了全身之力
踮起颤抖的脚
只为了含泪一吻

生日祝词

翻开最后一页
竟然翻开了那一天
你如花的笑靥
纤瘦得如同
天上的百合
在风中摇曳
我不敢正视你
眉宇间的弯月

翻开新一页
那些莫名的记忆
温暖了冬的寒夜
轻轻地握着
兰花的一叶
为你祝福
也为了春暖花开的季节
你还记得

桂园五舍的窗

当年曾怀揣着青涩的梦
敲过你桂园的窗
初秋的月夜
满园是馥郁的桂香

那扇窗紧闭着
没有回响
我轻轻地握住
夜的冰凉
不敢回首张望
一颗微苦的心
从此深深地埋藏

多少年过去
你忽然又出现
以珞珈一少年的模样
我一眼就认出

那是漫漫长夜里的

一道熟悉而遥远的圣光

2019 年 5 月 2 日

冰糖鳕鱼

一条伤心的鳕鱼
在黑暗的海上
轻轻地随风起舞
没有人读懂
她的美丽与孤独

她在细细地聆听
长浪与夜风的轻语

天上忽然下起了大雨
仿佛听到了号角的召唤
鳕鱼决心飞上天去
不再犹豫
她不再在乎
那里是天堂
还是地狱
只求冲出那困扰多年
心中的迷雾

她看见了云
看见了太阳
看见了整个瑰丽的宇宙
这一刻
她忘记了欢乐
也忘记了所有的痛楚

雨中有一条鱼
一条幸福的鳕鱼

江南的燕子

谢公家的燕子
又飞回了江南
寻找唐时的屋檐
依稀记得
住在长江边

名字也许改过了千遍
永远不会改变的是
当年的誓言
任地老天荒
丹心一片

可是你早忘记了
我昔日的容颜
我只好守着那片云
守着我曾飞过的
无垠的麦田

我是一只燕子

一只从远方飞来的

江南的小燕

2019 年 5 月 2 日

老照片

就在那一刻
青春从此定格
樱花不再凋谢
身后的天空
永远飞舞着
张扬如龙的老斋舍

怀揣着怎样的火热
才能把骄傲的笑容
烙印在那个
暖阳的三月
然后你们从容握别

多少年过去
时光已经褪色
记忆还原成了黑白
拂去心中的浮尘

你的内心依然流淌着

珞珈的青春热血

2019 年 3 月 15 日

自画像

那曾帅气飘逸的长发
如今已灰白稀疏
已敦圆而苍老的面容
曾如此俊朗消瘦

仿佛时空错乱
我坐在天地的尽头
银河系的雨
肆意地洒落
我独自在天地间行走

珞珈岁月
在那一刻凝固
定格永恒的心灵绿洲
真我的风采
汇聚成青春的激流

三十年之后

蓦然回首

那团火从未熄灭

那份坚毅

从未离去

同学们，且归去

放声吼

住院有感

疼痛如火炙般煅烤着每一寸
翻来覆去的床漆黑而冰冷
时间快点快点走
时间不要不要停

屋顶挤满了怨咒的亡灵
太平间传来幽幽的滴水声
我想跑开但没有半分力气
只能在被子里蜷曲着全身

此刻
我愿意皈依所有善良的神
愿你无边的法力
安抚我无助的心：
给我画一片秋天最后的叶子
给我一个温柔的黎明
让温暖阳光照在我的脸上
让我在甜梦中睡醒

牵手

除夕寒夜
牵着你温暖的手
在华灯璀璨的街头
走过疲惫的岁月

牵着你柔润的手
轻轻地放进我的衣兜
风在摇树的叶子
草在静静地生长
心中满是醇厚的老酒

紧握你孤单的手
但愿这世界没有尽头
请记住我们的约定
夏荷初放的时候
去离天最近的地方
看杨柳岸晓月如钩

2019 年 1 月 1 日

美容

躺在你手中
就好像躺进了
春天的花丛

脸上涂抹着奇怪的稀泥
我想像自己
是一具幸福的木乃伊

你把我像考古一样
从深深的淤泥里挖出之后
我沾染了污秽的心
洁净得如同雨后的莲藕

躺在你手中不愿稍动
风如牛奶般滑过面容
夕阳照在脸上
一片晚云的酡红

青春的记忆

青春永恒的记忆
守望着那不曾褪色的樱花
永远的精神家园
伴随我走遍天涯
蓦然回首
已是三十载风雨年华

故园桂子飘香
东湖十里如画
一切都没变，都没变
还是我心中的珞珈
老师温暖如初
同学仿佛回到了老家

变了，都变了
你看那一栋栋高楼大厦
情人坡蔓生的野草
老樱树上结着的新芽

我们饱经沧桑的脸
映红了西天的落霞

无论你怎样变化
你在我心底的形象
如同母亲在婴孩眼中
一样的伟岸
一样的挺拔
爱你了
我亲爱的武大

珞珈故土

老斋舍的深秋
依然是夏天的色调
武大的秋波
依然是盛夏
滚烫的味道
每一次深情回眸
都伴随着热血的心跳

为什么眷恋这片故土
因为我们的青春
我们的骄傲
我们感怀的故事
都铭刻在那片草地
魂牵梦绕

神与人

仰视万能的神
卑微的人类觉得很奇怪：
神拥有不朽和永恒
却要人类无限地崇拜

俯视蝼蚁般的人
大智慧的神也不明白：
渺小的人类只有刹那间的生命
却一生都在匆匆地折腾

人无法达到神的高度
人类只关心自己的存在
神无法体味人的痛苦
神只关心虔诚和爱

我不在乎神
也不在乎人

我把心锁在所有的空间之外

我只在乎你

今生对我的关怀

送别

昨天不敢跟你最后道别
因为我故意喝得酩酊大醉
也因此失去了最后一次
可以抱别你的机会
哪怕是双手轻轻一握
也能有久久的回味

你绝不会想到
我没有为你送行
珞珈山苍翠的树林
洒下无数斑驳且破碎的心影
如果初秋不是如此冰凉
昨夜不会有黄叶飘零

送你一首古曲
伴随一夜秋雨
愿你一切安好
请静静地离去

只是在某个潮湿的季节

或夜深人静的时刻

淡淡地回想那林间私语

2017 年 8 月 22 日

给冯同学

你是西域大漠里
东归的海燕
黄河是你
蜿蜒的诗卷

穿过沙尘
迎接风雨
你是黑夜中
划破长空的闪电

如果我来迟了
似乎一切都太晚
你不必回眸
请展翅高飞
融入那风中的永远

珞珈记忆

为曾同学加群而作。

曾记否
同学友谊如山
只因青春的激情
早已在珞珈点燃
老斋舍的风中雪樱
桂园的如酒桂芳
是珍藏在心底
永恒的浪漫
磨山的春野
东湖的波光
铭刻在我们生命的长卷

团圆了
武林寺（504）的八大罗汉
还没有团圆
那一年的所有同班
让我们共举一杯
为青涩记忆点赞

再来一杯吧
为北国之春的旋律
为曾经美好的岁月
为了明天更加灿烂

致水晶

你有一双水晶一般
闪耀的眼睛
也有一颗水晶一般
通透无瑕的心
让阳光照亮你
心灵的旷野
让风陪伴你
在股市中前行

我说，可以走快点
你说，不要太急进
一切快乐和满足
早已在命中注定
生命是一场
百年间的修行
回首时
一切都已云淡风轻

2019 年 6 月 13 日

为慈善群而作

如果你的眼睛下着雨
我们愿为你的心张开雨伞
如果你的老船
已经不能再出海远航
我们会陪伴你在静静的港湾

当你在深冬的寒风中彷徨时
我们会传递给你所有人的温暖
当你毅然前行
征服一座座山峰时
我们在为你虔诚地祝愿

愿你的眼中没有灰暗
愿你胸中的天空和大海
是一片温柔的深蓝浅蓝
你的微笑
永远如阳光般灿烂

2021 年 6 月 15 日

告别诗词群

为中国诗词艺术分享 QQ 群的解散而作。

谢谢群主的奉献，使我们有相识的平台
感恩生命的艺术，使我们可用诗来表白
每一次匆匆的驻足，总会发现那些闪耀的感慨
在五月天，夏荷初放的季节
我们依依不忍离开

告别了朋友，告别过去
背后的雨丝如栅
穿过夜风晶丝般飘来
让我们一同挥舞音符一样的手
向群主致意
跟好友拜拜

我相信所有的离别
都是为了重逢的精彩
带着你含泪的微笑
朋友，请你慢慢转过身去

让我温馨的祝福

久久地萦绕在你的心怀

2020 年 5 月 28 日

后会无期

如果纳兰的初见之美
只是因为必将别离
如果所有的相遇
只是为了后会无期
何须悲叹秋风或画扇
请轻轻握住
这一刻的美丽

当蝴蝶翩然飞过桃花
当彩虹在雨后叹息
当你某一天
翻开那潮湿的记忆
你在南来北往的路口
深深地迷失

路上的青春

青春在路上
自信在脸上飞扬
转起你的花边裙
笑意在朝霞中荡漾

阳光在路上
把你纯真的心
照得水晶般通亮
那里有怎样的幽梦
在温柔地流淌

你在我心上
是仲夏夜清冷的月光
握住又溜走了
只留下秋的惆怅

2014 年 9 月 10 日

蜜糖

晚春温柔的风
化不开你甜蜜的浓糖
笑意穿透了嫩芽
在你嘴角荡漾
你是晨曦是炊烟
飘扬在未曾睡醒的山庄

柔美的你
却奋斗在残酷的人生战场
长发在天空中猎猎飞扬
倒下爬起来再倒下
热血中悲壮地成长

你曾甜美如透明的冰糖
那块古老的手表
依然还在腕间嘀嗒作响
浑浊的表面
却刻满了时空的情殇

静夜时想起往日的甜蜜
苦涩便汇成一片汪洋

给你一颗蜜糖
一颗会唱歌的蜜糖
浅浅地化去你
往日透明的哀伤

错过的等候

也许是因为
忘了前世的约定
所以总是错过
今生的回眸

也许是因为
呼吸的痛苦
便忘了我仍在
痴痴地等候

在前世分别的渡口
我呼唤你的名字
这里夏花如锦
莲香依旧

学会悲伤

如果没有
对你的信仰
我就不会有
足够的坚强

如果没有
对你的回忆
我无法独自面对
深秋的凄凉

让冬天来吧
让厚雪覆盖山岗
把思念深埋在土里
你曾将我的内心
照得通亮

如果
如果没有你

我不会这么早

就学会了悲伤

2013 年 11 月 29 日

脸上的刀壑

仔细地观察自己的脸
几时开始裂出细细的沟壑
欲望挥舞着刀
毫不留情地切割

每一把锋利的刀
都来一种独特的丑恶
有金钱和名利的驱使
才会有刀的嗜血
刀纹的美丑与否
只关乎爱和良心
并不关乎流失的岁月

心要细细地打磨
久磨才能宽容平和
磨平了心魔
也会磨平脸上的刀壑

2014 年 1 月 10 日

雪山嘎玛

雪山下绿草如茵
还有嘎玛虔诚的心
暖暖地和野花开在一处
白云如哈达般纯净

世俗的人哪能懂你
你只属于那片高原的澄明
你的清澈明耀
如山顶夜空的繁星

2013 年 11 月 28 日

给群主晓风

那年春天的拂晓
风，不经意间
播种了一棵小苗
经过风雨的洗礼
岁月的煎熬
小树早已枝繁叶茂：
根，紧握在土里
冠，高耸入云霄

多年以后再回首
伟岸环抱的参天大树
有如此青涩的当初
所有艺术
要经历怎样的苦难
和不舍的磨砺
才会有永恒的不朽
所有生命要成为艺术
唯有灵魂的欲火

才能舍弃一切世俗

当金色夕阳西照
林间百鸟归巢
千山万水之间
风，在轻轻地微笑

沉默的野孩子

也许人生会有童话般的奇迹
但我从来没有奢望过
我喜欢静静地在湖边
或者某个开着花的角落
风翻开了一本野孩子的诗
我相信你会在人海中找到我

夕阳的余晖洒满山坡
那个沉默的少年依旧在沉默
我心底呼唤着你的名字
你却装作听不见
深秋的山林
有黄叶纷纷飘落

爱得心痛

决心要把这世间
我唯一说过的
爱得心痛
留给你
因为我脆弱的心
已不堪重负

感谢这世间所有的神祇
让我们相遇、相别
久别后又重逢
握紧你柔弱而温暖的手
在每次离别之前
我们久久地相拥

你是那么地无助
千里之外，我依然能
看到你冰凉的面容
我没有任何承诺

也不能陪你度过
没有纸鸢的寒冬

爱你爱得如此心痛
却又无可奈何
人世间洪流的汹涌
我将面对地狱的烈火
春天带着燕子来了
冬雪会从你眼角消融

2013 年 3 月 10 日

仲夏秋云

在这个美丽的黄昏
我们等待着仲夏的夜星
风穿过你金色的发际
你轻轻地紧了紧衣裙
秋云荡漾出
丝丝羞赧的红晕

午后的阳光
融化了你浅浅的心
我温暖的镜头
把你浅蓝的梦
定格成永恒

当你醒来
你一定不会相信
有一只蝴蝶
曾飞入你的梦
你也不会知道

有我守护着你

直到黎明

2014 年 8 月 15 日

悼念彭师兄

如果哪天我睡着后
不再醒来
请你千万不要悲哀
因为我留在梦的世界里
有你看不到的精彩

假如我哪天一跃而去
不再起来
请你千万不要悲哀
你看那墙脚的绿地里
有一束野花正为我盛开

怀抱着一颗被摔碎的心
在幸福的悬崖边等待
和燕子一起在雨中飞去
雨水把黑暗洗成洁白

昨天的白云多么高洁

风中的鸟儿多么自在
去吧，把心融化在万里蓝天
来吧，把我交给无疆的大爱

2014 年 1 月 9 日

唯一的理解

哪怕这世间无人明白
只剩下你的理解
是我的唯一
哪怕这宇宙没有太阳
只剩下最后一颗星
孤独地悬挂在天际
我仍然不觉得煎熬
反而暗自里欢喜

你是那株羞涩的莲
亭亭玉立
每年只会为我
盛开一季
有风吹过时
你嫣然一笑
长久的守望
也是一种偷偷的甜蜜
我静静地等着

等风起

等月圆

只为等你

2016 年 8 月 4 日

陪伴

今夜陪伴我的
还有旖旎的云
在大漠流浪
戈壁上除了干瘦的石头
剩下一片荒凉

为了远方的一丝温暖
我时常回头
深情地凝望
唯恐遗漏了你
无意中的低吟浅唱

然后我继续远行
充满了力量
独自微笑着
把星星点亮

2016 年 11 月 7 日

无为之光

应陈总教头之命，为助教团写几句。

你们举起坚定的手
如同一片涨停的模样
你们展开温暖的微笑
如同一轮火红的太阳
整齐铿锵的掌声
像进军的号角
点燃沸腾的热血和希望

昨天，我们还是迷途的羔羊
独自在黑暗中闯荡
这是一个空前邪恶的市场
充斥着骗子强盗和恶狼
我们孤独彷徨绝望
累累受伤
最黑暗的时刻
我们看一片红色的召唤
那是黎明前的无为之光

今天，你们引领我们
走进无为的学堂
无为心法为我们
打开了一扇神奇的魔窗
六度心法十大战技
是我们坚定的信仰

明天，你们还在坚定站岗
我们已经渐渐变得无比坚强
无论我们走向何方
你们仍然会关注着
我们的成长

我们将铭记
无为
是黑暗之中最明亮的光
光里有
最抒情的诗和最自由的远方

2018 年 7 月 7 日

股市血战

这个多雨夏季
适合痛哭
或者追忆
我一直珍藏着
2015 年那杆红旗
虽然已经千疮百孔
我记得它曾插上
5178 号高地

这个火热的夏季
适合冲锋
或血战到底
十九大的号角
已响彻天际
除了光荣和梦想
我没有别的损失
前进吧，战友们

让我们在金秋时节

胜利会师

2017 年 8 月 4 日

股市故事

我们不需要蛊惑人心的
花言巧语
我们决不追逐
每天最激烈的狂舞
也不要刹那的光辉
然后永远向下的老千股
我们在努力找寻
最具价值的大底部
然后静静地潜入

我不能给你
美丽但缥缈的期许
也不能给你
明确且一定赢的答复
但愿我们能一起
迈着坚实的小步
坚定地走下去
不惧狂风

也无惧冬雨

我相信春天总会来临
阳光总会普照万物
到那时
每一颗种子都会带给我们
恒久的幸福

割肉的魔咒

夏季已到尽头
仍然重复着割肉的魔咒
曾经满腔的热血
几乎流尽
我已没有勇气
抬起颤抖的双手
去再次割肉

只好把卑微的残躯
深埋进沙土
装死或真死
已没有区别
我留下最后一口气
盼望着金秋

2020 年 6 月 29 日

叠加的伤口

满身新伤口
推倒在盐地滚了几圈
股市的屠刀
从来都如此暴力野蛮
只要一息尚存
就继续我骄傲的勇敢
爬起来冲锋
野狼一般地朝天呼唤
孤独的吼声
久久回荡在群山

舔干身上的伤口
我看见你凄婉的眉弯
给我一个长长的梦
当温柔的黎明来时
陪你去看山花烂漫

2019 年 1 月 30 日

抉择

面对滚滚洪流
是含泪埋下高傲的头
还是紧握住不屈的手
那一刻的抉择
绝不容易
在那迷宫一样的路口
是去
还是留

当梦想一次次幻灭
挥刀自宫的时候
我在四月的春风中
蓦然回首
留给你一个凄婉的微笑

然后
我向着初夏的方向
继续寻找梦中的道路

无家可归

破碎的云无家可归
只好躲在黑色的山峦之后
强忍着泪水

苍老的寒星无家可归
剩下两颗遥遥地坚守着
每年一度的约会

孤独的我也无家可归
陪着星星走遍所有的黑夜
曾握笔的手满是疲惫

2014 年 1 月 9 日

女生的悲哀

这一生的美丽
如花季一般
灿烂又短暂
然后就是
无尽的平凡

这一生的痛苦
却从没有间断
从生命的诞生
直到末日的审判

也许从来没有美丽过
青春就已走远
也许没有人为你喝彩
甚至来不及遗憾

只因为你是女人

你就要承受这世间

生命中无休止的苦难

2013 年 11 月 7 日

以菊送别

我把滚烫的灵魂掏出来给你
你却冷冷地转过身子
留下我血淋淋的心
在寒夜中变成化石

除了对你爱的呓语
朋友，我身无长物
请让我摘一朵野菊
别在你的发端吧
即使你远去
在星星和残月之下
我踮起脚也能看得清楚

第四辑　节日贺词

每逢佳节
网络就是一片沸腾的海洋
祝福的短信
就会如报春花一样
在黎明之前
悄悄爬满你的窗

新年的祝福

我把这世上所有
最温馨的祝福
酿制成醪厚的美酒
佐以玫瑰花和水晶球
再窖藏无数春秋

在今天这个特别的时候
为你的新年启封
从今往后
请你每天都怀着喜悦
浅酌一口
每一次品尝
如同重逢一位久别的老友

任时光飞逝
任沧海横流
我们每个人柔软的心头
都珍藏一片友情的绿洲

在某个潮湿的季节
或夜深人静的时刻
真情不禁悄然流露

让我们举起闪耀晨曦的杯
一同挥舞跳动着音符的手
为彼此的新年遥遥祝福
祝你新春如诗
祝你新年胜酒

2017 年元旦

祝福的奥义

没有接触过玄幻小说的可能难以读懂，请一笑而过。

我撕裂浩瀚的宇宙诸界
在你必经的每一个时空节点
为你埋下福运的法诀
用这诸天仙界的天材地宝
和无上的大能神通
助你凝聚真道的神格

无须任何灵根
亦能开启你凡人的法则
给你无穷的极品玄晶
鸿蒙生息绵绵不绝
哪怕是混沌神兵仙宇
还是晋级途中的雷霆仙劫
也不敌你大道圆满时
微笑着轻轻一捏
携手梵境惊艳天地的道侣
直达修真之巅的至尊天阙

值此半岁阳夏
虚空神花怒放时节
请你细细地冥悟
我每一句奥义祝福中
原始宇宙的洪荒精血
这一生和远古轮回中的祝福
已烙入你不朽的岁月

鸡年的愿望

当第一声鸡啼唤醒黎明
爆竹的碎红随风飘扬
我新年的祝福
就会如报春花一样
悄悄地爬上你的窗
当你微笑着醒来
就拥有一片
温暖且宁静的蓝色海洋

我衷心地祝愿
你所有的新年梦想
都一一成真
幸福的光
穿过初春的旷野
照亮你神采飞扬的脸庞

请你把这份感觉
告诉每一朵七彩的云

每一颗星星和月亮
风中就可以结出幸福的甘露
请用它去浇灌一垄清香的花
夜夜盛开在我们的梦乡

2017年1月28日

猪的梦想

一栋大大的房子之下
住着一头帅呆的猪
那就是你
全能的一家之主

手握十万天庭大军
金色的元帅大旗
在你屋顶猎猎飞舞
妖魔又如何
神仙又如何
全不敌猪的绝世威武
浅笑着响指之间
便可移山填海
法言一出
便决定了宇宙的秩序

无数人参仙果
填入你便便大腹

瑶池的琼浆玉液
只给了你一个长长的呼噜
世人追求的金银财富
在你眼中只是一堆粪土

你有一个恢宏无疆的国度
佛法的光辉照耀永恒千古
蓝天之下都是你的家
天下所有臣民
在你的新年纪元之始
为你忘情地欢呼：

猪年幸福！

2019 年 2 月 4 日

元宵节的祝福

翻开新的一页
就翻开了新的一年
揭开你低垂的帽檐
我看到了今夜的月圆

你惊艳地一回眸
如同长空的闪电
驱散了二月的雨云
唤回早归的春燕

一切都那么自然
如黎明林间的新芽
如阳光穿越你的心田
在这静美的元宵
请轻轻地许下
你纤纤的心愿

2019 年 2 月 19 日

给你的礼物

给你一个温润的春天
给你一个温顺的王子
给你一个温暖的臂弯
给你一段温馨的记忆

玫瑰在这一刻盛开
夜风在这一刻吹起
你从沙漠中远远地
远远地望过来
眼里满是温柔的笑意

2015 年 2 月 11 日

节日的拥抱

给新年一个温暖的拥抱
和你一起倾听
彼此幸福的心跳

给除夕一个怀旧的拥抱
在晚钟里微笑着握别
手中满是阳光的味道

给你一个激情澎湃的拥抱
千年古道早春暖
万里征程战马啸！

新年如书

翻开新一年　一如
翻开了一本无字的书
每页都可以画成
完美的幸福

书中留下的飞白无数
等你有空时去任意涂抹
我希望
春天的那几页纸中
一定要下着细细的雨
你优雅的背影
款款地走进雨丝深处

雨朦胧了我热切的眼
放眼向书里望去
一半绯红
一半翠绿

2014 年 1 月 1 日

牛年的愿望

老牛希望
这一年的山坡
春暖花开，满坡嫩草
梦中的她
柔情似水，倩然浅笑

我希望这一年
骑上疯牛
在股场上挥舞镰刀
左手收割青草
右手屠杀老妖

当牛年的钟声响起
请你庄严地祈祷
你虔诚的念力
就是坚定的风向标
骑稳牛背
高高地扬起鞭梢

新年童谣

月光光，心慌慌
提水壶，跑禾场
小蜜蜂，嗡嗡飞
萤火虫，晶晶亮
浑不知，新年到
棒棒糖，满嘴香
曰开心，曰健康！

兔年贺岁

玉兔于飞
和鸣锵锵
鸿渐于磐
饮食衎衎
天地交泰
紫瑞迎祥

云缈缈兮若鹍翼之始翔
烝冉冉兮似初日之未央
庆瘟君之忽去兮
哀寅虎之国殇
借灵兔之福运兮
得月府之华光

癸卯伊始
琴鸣锵锵
天地交泰
福隆运昌

2023 年 1 月 22 日

第五辑　异域风情

异域的天空
总是藏着无限的激情
异域的土地
总是孕育着奇妙的梦
行走其中
自有诗情涌动

死海遐思

死海位于约旦和以色列之间，长五十公里，宽七公里，周围都是沙漠戈壁，寸草不生。海中既无植物，也无任何生物，盐分饱和的海水太重了，所以永远都波澜不兴，默视着两岸的战争与和平，这是否也预示着人类的未来呢？去了一趟死海，有感。

横亘在耶稣行走的福音之地
满载阿拉伯人千年泪水的沉积
悲鸣的鸟儿不敢独自飞越你
因为承托了太厚重的历史
所以风也吹不起你心中半点涟漪

你们拥有同一段历史同一种文字
同一条河流孕育自同一块土地
冲积成海底软软的黑泥
枪炮声仍未平息
残阳如血，依旧涂红了无垠的荒寂

千年之后，海边来了一位少女
无邪地在你怀中嬉戏

微微波浪向彼岸荡去
泪水太咸了无法下潜
只有纯良之心才能探视你的心底

这一海是两岸苦涩的相思
掬起一把，死海便活了
往空洒去，满天星斗莹莹点点滴滴
请你静听海的呼吸
祝福过的土地等待着明日晨曦

西班牙之夜

巴塞罗那的一道闪电
划破了漆黑的夜
你惊艳地一回眸
然后一切都归于幻灭

我以为风会从地中海吹来
带着高卢的残月
可是今夜只有星光
大西洋汹涌着苦涩

你明明离开却又回来
我已经绝望又无法忘却
西班牙的夜空
是否有梦幻的颜色

等着，等着
等着 2015 年的第一场雪
风中的羌笛
吹出了杜鹃的血

大峡谷偶遇

在那个阳光明媚的上午
在那个色彩缤纷的大峡谷
在那片绿草如茵的风景中
她们在长凳上轻轻地私语

如此亲切又久违的乡音
如此优雅而曼妙的背影
我停下匆匆的脚步
在晨风中静静地倾听

千万年冲刷之后
大地上裂出了壮阔的深沟
雄奇绝险地远远退去
竟源于你脚下弯弯的溪流
峡谷没有阻隔我们
阻隔我们的是滚滚人流

在 66 号公路的沙漠深处

燕子飞在我身旁
白云低低地围着我们
甜蜜得像憨憨的棉花糖

我把手伸出了车窗
向燕子挥了挥手
燕子抖了抖闪耀的翅膀
在晚风中远去了
带走最后一抹夕阳

穿越中世纪

又在里斯本喝酒，小写两句此刻的心情。

千年的岁月
磨碎了无数残垣断壁
恍惚之间
独自穿行在中世纪
灰暗且遥远的天空
阴冷而潮湿

我站在泛黑的油画前
寻找每一个失落的细节
在科英布拉古老的图书馆
翻阅早已迷失的故事
教堂内依旧金碧辉煌
高耸的穹顶
回荡天籁般的唱诗

穿行在欧洲
满眼都是神的遗迹
深秋一场小雨

飘落自没有时间的天际
我甩甩头发尖的水滴
在谜一样幽暗的古巷
继续寻找我自己

致蒙娜丽莎

你那神秘的微笑
惊艳了数百年
为了你绝世的爱
达·芬奇留传下
你传奇的容颜

经历了怎样的
旷世缠绵
历史已经把你沉淀成为
不朽的诗篇

你是他所有的青春岁月
是他含着泪记下的爱恋
他的所有痴情和温柔
都写入你迷离的双眼

你身后的弯弯小溪

穿行在朦胧的山间

源源不绝地流淌着

滚烫的真爱之泉

古城

穿过一座喧嚣的古城
乌鸦在天空逼近
灯光璀璨
箭矢如云
我孤身飞过又跌下
背上满身伤痕
像火烧过的凤凰

我要一匹马
一匹会飞的马
骑着它去找天空的众神
我的全部世界只剩
一支闪亮的长矛
和一支旧毛笔的忠魂

我穿过南方的城门
一座沙漠中的小城
地上流淌着污血

斜斜地插满了生锈的刀
我策马而过
马的嘶鸣在旷野中回响
城里竟空无一人
我独自在流血的天空下
占据那城市的心灵
我把这座古城
任意移转时空
下着永恒的雨
却又是干枯的沙漠
然后
我点燃了城中唯一的油灯
挂在了城门

大三巴

秋深时节
大三巴的梧桐树已经枯黄
从古炮台远眺海上
利玛窦深邃的双眼
在猎猎西风中凝望

暮色浅，石碑凉
落日圆，飞鸟长
风从台阶下往上吹得冰冷
夕阳在残壁之间
涂抹古老的教堂
四百年过去了
火一样的故事
仍然偶有烧痛的余伤

大三巴的地室之中
安魂曲在轻轻地回荡
历史沉积在黑黑的地底
霓虹灯把半岛照得通亮

澳门之歌

澳门某协会征集澳门之歌，且要有一国两制和高度自治的内容，一时兴起，写了两首，虽不入大雅之堂，作为朗诵诗，自娱也是一乐。

你从历史深处一路走来，
身上烙印着明清文化的风采。
你从万里海外扬帆归来，
眉宇间张扬着欧陆浪漫情怀。
华洋共处在这片故土上，
编织成东西文化的纽带。
世遗景观铭记你沧桑过去，
祖国母亲描绘你辉煌未来。
澳门
我为你真诚地祝福，
澳门
我爱你过去和现在！

你自上世纪末回归一路走来，
崛起于珠江之滨傲视着南海。
你在祖国怀抱蓬勃扬帆，

三岛之间金莲花已为你盛开。
群星璀璨汇聚这片热土，
不夜城让世界为你喝彩。
动感澳门创造奇迹和梦想，
和谐社会呼唤理解与友爱。
澳门
我为你光荣地记载，
澳门
我爱你美好的将来！

你向无限世界一路走去，
古老文明在春风中次第绽开。
你的背后是强大的祖国，
无惧濠江风雨更无愧于时代。
笑意荡漾在不同肤色的面孔，
不同信仰铸成共同关怀。
区旗高扬和平绿与希望星，
凝聚澳门人、澳门心、澳门爱。
澳门
我为你骄傲和自豪，
澳门
我爱你已激情满怀！

澳门桥

为朗诵会而作。

你是连接着过去和现在
四百多年的古桥，
从桥那头吹来沉重的风暴。
风中传来鬼子的狂笑，
中华儿女凄声在哭叫。
还有漫天的硝烟，
和鸦片毒气缭绕。
桥下穿行着一叶孤舟
在风雨中无助飘摇。
崛起崛起，澳门儿女！
越过这道苦难的桥，
你就回到了母亲的怀抱。
崛起崛起，澳门儿女！
为了母亲的荣耀！

你是连接着世界和中国
五千年历史的廊桥。
东西方文明在这里相交：

大三巴遥望塞上长城，
莲花茎连接着妈祖庙。
西学东渐印着你的足迹，
望厦亭前芳草侵古道。
你是葡语国系的纽带，
更是中国的世界之桥。
崛起崛起，澳门儿女！
松山灯塔望不尽那
千帆竞逐于南海洪涛。
崛起崛起，澳门儿女！
为了中华的自豪！

你连接着澳门氹仔路环，
一弯陆地两片小岛，
三道长桥把我们紧紧拥抱。
中间高高地拱着细腰，
背负起区徽中的地标。
东岸卷起两朵浪花，
优美地写下友谊的符号。
西湾厚实地跨过未来，
无惧风雨看锦绣涛涛。
崛起崛起，澳门儿女！
港珠澳大桥势缚苍龙，
镇锁大江逞英豪。
崛起崛起，澳门儿女！
为了我们的骄傲！

你肩负着光荣与梦想，
通向未来的彩虹桥。
基本法赋予我们高度自治，
祖国放心澳人治澳。
浩浩珠江水穿桥而去，
育我子孙人杰地灵，
润我 Macau 物华天宝。
今夜华灯璀璨连九天，
星桥不辨、画图难描。
崛起崛起，澳门儿女！
让古老文化照彻东方，
和盛世金莲激情辉耀。
崛起崛起，澳门儿女！
为了明天更美好！

嘉峪关前

大西北的瘦风
吹进嘉峪关
传来远古战场
冰凉的呐喊
千年的胡杨
只剩下几枝
光秃秃的枯干
西风呜呜咽咽
呼唤南归的大雁
黄沙埋葬了无数的悲欢
也埋藏了玄奘西行之前
那张坚毅的脸

西部风

干涩的风从西部刮来
激烈地吹醒沉睡的高原
吹走我所有季节的色彩

西天的云汹涌澎湃
遮天蔽日也遮住我的视线
我在黑暗的荒野中徘徊

无助的我只知道向西再向西
哪怕地老天荒
哪怕黄沙如铁塞满我的胸怀

西部的高原如盘古大石
石头上有你在痴痴地等待
微笑的牙齿在夜空中闪耀洁白

干涩的风从西部刮来
高原弥漫着你温暖的味道
你的眼神温柔如湛蓝的大海

见证

让时间见证不朽的传说
让阳光见证温柔的风
让加州的葡萄见证阳光
让好莱坞见证我们的梦

站在洛基山巅
手便可以抚摸苍穹
女娲补天的地方
已生出丝丝裂缝
可是精卫鸟呀
依然不舍地衔来
那彼岸无休止的痛

火焰山

辗转数千里
只为了看一眼
大漠中的残垣断壁

万年的烈日
煅烤着这片土地
亘古不变的风
把你深深地侵蚀
时间是伟大的雕刻师
把你雕刻成
魔鬼的呼吸

拂去滚烫地表
厚厚的沙粒
魔鬼的心
峥嵘不屈地撕破天际

辗转千里

你再没有任何缺失

至少有我

留给你温暖的小诗

2019 年 9 月 21 日

喀纳斯栈道

错过
就是永恒
西域的天空
微微有些刺痛

曾经醉过
也曾清醒
只为了喀纳斯
那湛蓝的天穹

在碧水边的栈道
夕阳酡红
你背对着我
迎着高原的风
白桦林的金辉
泻在你纯真的面容

今夜无法入睡

只为你

清清的眉弯

清凉的冰冻

2019 年 9 月 19 日

草原之夜

坐在内蒙古黄花沟草原
夕阳把我们的影子
拉得很瘦很远
长长的影子袅袅地消散在
草原边最后的油菜花田
我们幸福的笑
映红了云上的西天

草原上长满了风车
草原狼回到公元前
我静静地躺在八月的某晚
十指飞快地弹着天上的星星
你听　你快听
星星敲响了清脆的铃声

2014 年 3 月 5 日

西北的鱼缸

鱼缸干了
装满了西北的风沙
姐姐
今夜我在德令哈
想起了海子和你

天空拧不出一滴水
草原上没有野花
唯有你的诗
满布星空之下

姐姐
今夜你是一条鱼
我是你梦中
温柔的他

九寨沟

仙女的镜子掉进了群山
碎裂成无数海子
闪闪地镶嵌在山间
水边的层林守护着她纯真的笑
树叶在四季的风中反复浸染

诺日朗恢宏的白练
展开两道如虹的画卷
一道通向长海的雪山
一道通向原始森林中
连接着天堂的高原

沟子深处的藏民村寨里
我把灵魂编织进唱歌的经幡
在你深白浅白的透明里
我梦见海子就是你的双眼
在白云之下深蓝浅蓝

洞穴中的火把

——读柏拉图《理想国》的洞喻有感

我们存在于一个洞穴中
被锁在黑暗的牢笼
人们只能看到墙上的影子
以为那就是现实世界的真容

偶然有一天，有人打碎了锁链
在走出洞穴的瞬间，他欣喜地发现
阳光下的美好和真实
影子背后的真相如同长空利剑

他拿着一支火把，回到了洞穴的通道
告诉其他人，他所见的奇妙
但他们不相信他，满是恐惧和嘲笑
他们宁愿留在自己熟悉的黑暗之角

他感到无奈和孤独，但他没有放手

他继续点亮火把，照亮洞穴里头
他希望有一天，有人能跟随他的脚步
走出黑暗，追求真理和自由

黑洞

这宇宙间最强大的引力
吞噬宇宙万物
即便是庞大的天体
乃至宏大的星系
都不能幸免
连光线也无法逃逸

远退到足够的距离
黑洞也只是遥远天外的
一颗没有质量的微粒
生命悄然诞生
文明反复交替
爱的风轻云淡中
那宇宙的终极核心
只是你许多梦中
偶尔想起的影子
像一句古老的誓言
或像万有引力作用下
飘落的雨丝

量子纠缠

你我就是量子的两端
注定了必然的纠缠
无论距离多遥远
即便你在火星
我在地球
你轻轻地招招手
我也会同步转圈圈

我们既是波子又是粒子
我们之间的秘密
切不能被偷看
就像薛定谔的猫
处在既生又死之间
你能看到的
是被你坍塌的量子弦

我们的纠缠跨越了距离
也跨越了时间

上一世你是我的挚爱
这一世我是你的红颜
不要以为这是
冥冥之中的偶然
这其实是量子能量的必然
生命终将回归量子形态
你这一生和无数世的
一切爱恋
都源于量子的纠缠

三体之战

半人马座的比邻星南二门
生活着三体人
在乱元纪和恒元纪中
交替毁灭又重生
每一次重生
便进入了更高的文明

太阳系的第三颗行星
饱经苦难的叶文洁相信
人类的堕落如同晚期癌症
自私的利己思维方式
失去了自我拯救的可能
隐藏在山谷里的红岸基地
透过太阳的无限放大
向宇宙发出了最强音：
拯救我们的文明

三体送来一颗微小的质子

展开后把人类的科技锁定
一滴无比光滑的水滴
打败全人类的精英
一张没有厚度的二维卡片
把太阳系化为无边际的
灿烂的平面图形
在降维打击之下
人类如同蚂蚁在树叶上爬行

当宇宙回到大爆炸时的奇点
时间就没有了方向
生命只是匆匆的微尘
太空是没有情感的黑暗森林
只有死神才能永生

心经

这世间所有的修行
都是在修炼一颗向佛的心
彻底清空色受想行识五蕴
才能看淡这大千世界
诱人的声色红尘
断绝眼耳鼻舌身意六识
方能得到真正的清静
无识无相无明
融入宇宙的无上大法
无余涅槃乃至无无永生

六百卷大波若
凝聚成二百六十言心经
波若波罗蜜多
是终极大智慧的缩影
掌握万法的真谛
任意跨越时空的古今
揭谛揭谛

苦海慈航
度化自己也度化他人
时刻伴你一同修行的
必有永恒大爱的观世音

后记

多年以来，我在QQ和微信中，不时发表了很多即兴的诗作，朋友们一直劝我出版成诗集，因为种种原因未能成行，今天终于付梓，感谢网友的鼓励和支持。

诗集取名《微风私语》，正因为大部分作品都是在微信中创作，我的微信头像以本人手书的一个“风”字作为标识，网友都称我为风哥，头像从未变更，故取名《微风私语》。

大学时就断断续续写过几首诗，但由于那时的电脑并未普及，作品都未能保存下来。直到QQ和微信出现之后，在不同的群中结识了一群网友，聊天之际有感而作了很多小诗。古人云“诗向会人吟”，没有懂的对象就没有好的诗作，所以对《微风私语》大部分诗的理解都要还原当时的聊天语境。还有些在当时特定语境下很有趣的诗作，因为单独摘出来难以理解的，只好舍弃了。有时一张照片、一个小故事往往就是灵感的源泉。甚至有些诗的名称就是网友的网名，尽管素未谋面，却多年神交如故。

本诗集分为五辑，其实究其内容有时候很难归类。

第一辑为“酒与秋月”。每逢佳节，微信的祝福就会狂轰乱炸，我也未能免俗，写点诗文回复，现将能够找到的予以收录，就像孩子回到了家。本来答应一位网友将第一辑命名为“月光曲”的，但不喝点酒去赏月，始终缺点微醺的意态，缺点酒后的激情，只好稍稍改动。这一辑的内容主要是中秋时的贺词。酒和月是诗永恒的主题，以此贺中秋正好。小酌几杯，赏月之余，可以把眼睛看出花来，也可以把酒喝出月光：

把明月泡成老酒
把时光酿回宋唐
那是怎样绝美的诱惑啊
每一滴都有你
醉人的眸光

（节选自《酒的诱惑》）

当然，品月品酒之余，必然也会品茶，本辑也效法古人，收了几首对茶的崇拜：

你所有的信仰
只是为了守护那缕
刻骨铭心的清香
当那一刻来临
你颤抖着
踮起细细的双脚
跳入那片沸腾的海洋
激烈地奏响生命中
最后的
最嘹亮的乐章

（节选自《茶的乐章》）

第二辑为“风的季节”。古人把风排在花、雪、月之前，是有其道理的。风的温柔代表了这一辑的特征。风是不易把握的，即使倾尽了一生的力量，也不能读懂它的温柔和力量；紧紧地握住，它最终也会从你的指缝间溜走，不留下任何痕迹。我在《船对海的思念》中，表达了这种握风的企盼：

从春季到夏天
无数的风吹过海滩
甚至台风
甚至龙卷
却一直没有我等待的
细细的和风
稳定且充满温暖

（节选自《船对海的思念》）

也在《时光印痕》中，表达了这种矛盾：

夜风总想吹开那
黑暗的浮尘
我趁风来之前
悄悄地转过身
不让风沙
吹进我的眼睛

（节选自《时光印痕》）

所以风过处，只能留下：

你浅浅的微笑
我深深的回忆

（节选自《戈壁偶遇》）

第三辑“友情篇”。这篇有为网友而作的应景小诗，但更多的是对母校武汉大学的深情、对老同学的友谊。正如《珞珈故土》中的记忆：每一次深情回眸／都伴随着热血的心跳。

同学情在这一辑中也有一定的篇幅。

当年曾怀揣着青涩的梦
敲过你桂园的窗
初秋的月夜
满园是馥郁的桂香

（节选自《桂园五舍的窗》）

这一辑里还有一些奇怪的名字，其实都是一些网名。如鱼缸、蜜糖、水晶、冰糖鳕鱼等，凡是读不通的，基本上是一些不可理喻的网名，或者是当时正在微信中讨论的趣事。

第四辑“节日贺词”也是对应元旦和春节的祝福微信。

每逢佳节，微信上的祝福问候必定满天飞。为了不至于雷同的恭喜发财问候，很多时候我都会写一首小诗作贺，现代诗收在这一辑了。每逢佳节倍思亲，这个亲字刚好变成了今天称呼群友的潮语。

任时光飞逝
任沧海横流

我们每个人柔软的心头
都珍藏一片友情的绿洲
在某个潮湿的季节
或夜深人静的时刻
真情不禁悄然流露

（节选自《新年的祝福》）

这一辑中还收录了一首比较另类的祝福诗《祝福的奥义》。该诗用玄幻文学的元素写就，对爱好者来说，收到这种新年的祝词也许别有一番味道：

值此半岁阳夏
虚空神花怒放时节
请你细细地冥悟
我每一句奥义祝福中
原始宇宙的洪荒精血
这一生和远古轮回中的祝福
已烙入你不朽的岁月

（节选自《祝福的奥义》）

第五辑为“异域风情”。这一辑主要是旅游时的作品。我旅行过全球几十个国家，国内的大多景点都去过，也是老牌摄影发烧友，写过好多小诗，部分应景之作要放在当时的环境之中才有意义，因此无法收录。这辑只有一小部分可以独立成诗。欧洲有厚重的历史感：

穿行在欧洲

满眼都是神的遗迹
深秋一场小雨
飘落自没有时间的天际
我甩甩头发尖的水滴
在谜一样幽暗的古巷
继续寻找我自己

（节选自《穿越中世纪》）

当我在卢浮宫看达·芬奇的《蒙娜丽莎》时，看到的是画背后的爱情故事：

你那神秘的微笑
惊艳了数百年
为了你绝世的爱
达·芬奇留传下
你传奇的容颜

经历了怎样的
旷世缠绵
历史已经把你沉淀成为
不朽的诗篇

（节选自《致蒙娜丽莎》）

澳门也作为世界的一部分，收录了几首：

暮色浅，石碑凉
落日圆，飞鸟长

风从台阶下往上吹得冰冷
夕阳在残壁之间
涂抹古老的教堂
四百年过去了
火一样的故事
仍然偶有烧痛的余伤

（节选自《大三巴》）

古人写诗有孤篇压全唐的，也有一句流芳百世的，本诗集没有那么大的宏愿。但寻章摘句，如偶有一鳞半爪能让你心弦一动甚至回味再三的，我就心满意足了。

2022 年 12 月

于澳门

（京权）图字01-2024-5378

图书在版编目（CIP）数据

微风私语 / 石磊著. -- 北京：作家出版社，2024. 12. --（澳门文学丛书）. -- ISBN 978-7-5212-3154-0

Ⅰ. I227

中国国家版本馆CIP数据核字第2024TT3016号

微风私语

作　　者： 石　磊
责任编辑： 张　平
装帧设计： 意匠文化·丁奔亮
出版发行： 作家出版社有限公司
社　　址： 北京农展馆南里10号　　**邮　　编：** 100125
电话传真： 86-10-65067186（发行中心）
86-10-65004079（总编室）
E-mail:zuojia@zuojia.net.cn
http://www.zuojiachubanshe.com
印　　刷： 三河市北燕印装有限公司
成品尺寸： 133×214
字　　数： 218千
印　　张： 9
版　　次： 2024年12月第1版
印　　次： 2024年12月第1次印刷
ISBN　978-7-5212-3154-0
定　　价： 42.00元

第一批出版书目

王祯宝《曾几何时》

水　月《挥手之后还会再见吗》

邓晓炯《浮城》

未　艾《轻抚那人间的沧桑》

吕志鹏《在迷失国度下被遗忘了的自白录》

李成俊《待旦集》

李宇樑《狼狈行动》

李观鼎《三余集》

李鹏翥《澳门古今与艺文人物》

吴志良《悦读澳门》

林中英《头上彩虹》

赵　阳《没有错过的阳光》

姚　风《枯枝上的敌人》

贺绫声《如果爱情像诗般阅读》

袁绍珊《流民之歌》

黄坤尧《一方净土》

黄德鸿《澳门掌故》

梁淑淇《爱你爱我》

寂　然《有发生过》

鲁　茂《拾穗集》

穆凡中《相看是故人》

穆欣欣《寸心千里》

以上按作者姓氏笔画排序

第一批出版书目

第二批出版书目

太　皮《神迹》
尹红梅《木棉絮絮飞》
卢杰桦《拳王阿里》
冯倾城《未名心情》
朱寿桐《从俗如流》
吕志鹏《挣扎》
邢　悦《被确定的事》
李烈声《回首风尘》
沈慕文《且听风吟》
初歌今《不渡》
罗卫强《恍若烟花灿烂》
周　桐《除却天边月没人知》
姚　风《龙须糖万岁》
殷立民《殷言快语》
凌　谷《无边集》
凌　稜《世间情》
黄文辉《历史对话》
龚　刚《乘兴集》
陶　里《岭上造船笔记》
程　文《我城我书》
程祥徽《多味的人生之旅》

以上按作者姓氏笔画排序

第二批出版书目

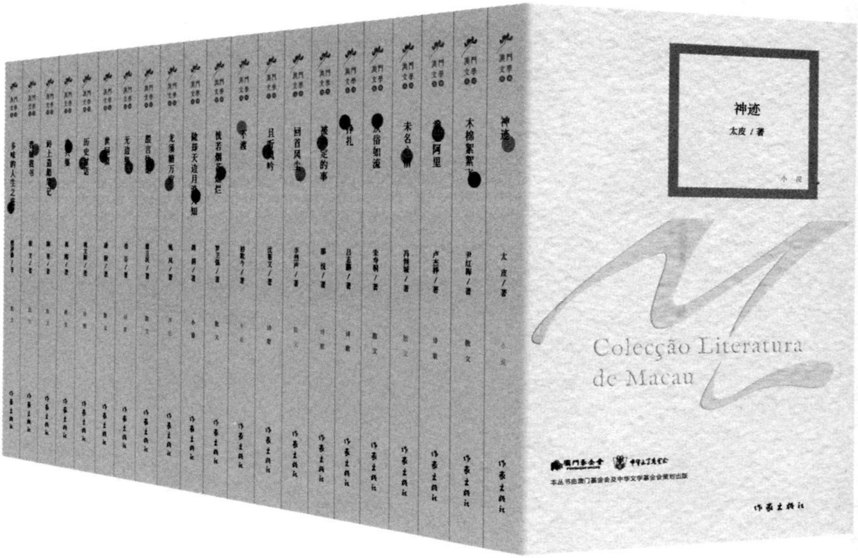

第三批出版书目

太　皮《一向年光有限身》

李文娟《吾心吾乡》

何　贞《你将来爱的人不是我》

陈志峰《寻找远方的乐章》

吴淑钿《还看红棉》

陆奥雷《新世代生活志：第一个五年》

杨开荆《图书馆人孤独时》

李嘉曾《且行且悟》

卓　玛《我在海的这边等你》

贺越明《海角片羽》

凌　雁《凌腔凌调》

谭健锹《炉石塘的日与夜》

穆欣欣《当豆捞遇上豆汁儿》

以上按作者姓氏笔画排序

第三批出版书目

第四批出版书目

李观鼎《滴水集》

李烈声《白银》

陈雨润《禅出金瓶 悟觉大观》

陆奥雷《幸福来电》

杨颖虹《小城 M 大调》

凌 谷《从爱到虚无》

袁绍珊《拱廊与灵光：澳门的 120 个美好角落》

黄文辉《悲喜时节》

梯 亚《堂吉诃德的工资》

蒋忠和《燕堂夜话》

以上按作者姓氏笔画排序

第四批出版书目

滴水集
李观鼎 / 著
Colecção Literatura de Macau
本丛书由澳门基金会及中华文学基金会策划出版

澳門文學丛书